미워도 108번

이희주 시집

미워도 108번

달아실기획시집
50

보조 용언과 합성 명사의 띄어쓰기 등 본문의 맞춤법은 시인의 의도에 따른 것임.

시인의 말

세 번째 시집이다.
지난 두 권은 이정표란 필명으로 냈지만
이번엔 새 출발하는 마음으로 본명을 쓴다.
불의의 사고로 망가진 몸
포기하지 않고 여기까지 온 나에게
칭찬을 아끼지 않겠다.
거초 66 친구들과
낳고 키워주신 어머니와 가족들과
내 아들 언섭이 그리고
특히 세영 씨에게 고마움을 전한다.

2026년 1월 비봉산 아래 서식지에서
이희주

차례

미워도 108번

시인의 말　5

1부. 사랑의 시세

사랑의 시세　12
돌산 갓　14
모과　15
복상사　16
땡땡　18
편지　20
개자추는 어디에　22
연화도　24
메밀꽃 반가사유　26
장어의 꿈　27
동강할미꽃　28
손택수 시인과 시인 손택수　30
복어ㅏ語 예찬　32
인제　34
띄어쓰기　36
달과의 만찬　38
콩국수　40
상원사 문수전　42
마리아 여인숙　43

2부. 미워도 108번

미워도 108번　　46

참새 방앗간　　47

삼미식당　　48

그슥아 노올자　　50

환갑　　52

오빠　　54

싱　　56

김부각　　58

달고나　　59

무화과　　60

가자미　　61

깍두기 타령　　62

쫀드기　　64

딱지치기　　65

묵호항　　66

남부시장　　67

곶감　　68

술래잡기　　70

반달　　72

3부. 백설공주의 비애

망상해변   74

무덤   76

시치미   77

걸스데이   78

복사꽃   79

백설공주의 비애   80

이어도   82

맷돌   83

오해 1   84

오해 2   86

오해 3   87

오해 4   88

오해 5   89

오해 6   90

오해 7   91

오해 8   92

오해 9   93

오해 10   94

4부. 엘레나가 된 바나나

마두금　96

대나무　97

1970년 페미니즘　98

엘레나가 된 바나나　100

티눈　101

심부름　102

화엄 가는 길　104

김장　106

폭설　108

견 보살　110

녹사평 단풍 지던 날　111

수심사　112

와불과 능소화　113

히말라야 염려봉　114

발문 _ 저 찬란하고 사소한 기억들 • 전윤호　115

1부

사랑의 시세

사랑의 시세

연애도 사랑도
언제 적이었는지
그걸 한 적이 있기는 했을까
먹고사는 게 시시해지면서
자꾸 연애가 걸고 싶어진다

그때 인색하게 군 것은
사랑의 시세를 몰라서 그랬다
이렇게 뜨거워지고 싶을 줄 알았다면
바람 부는 대로 흔들리며 살아도 볼걸

내게 까여버린 연애야
나의 반듯했음을 용서하렴

사랑도 좋고 연애도 좋다
시세보다 더 주지는 못해도
시세만큼은 쳐줘야지
이까짓 집도 팔고 차도 팔지 뭐

시세에 상관없이
사랑이 있다면 꼭 사고 싶다
연애가 있다면 냉큼 데려와야지

돌산 갓

새벽 시장에 나온 갓
여수 돌산에서 왔단다

가을 지치도록 내린 비에
물린 기색 하나 없는
시퍼런 장딴지

기껏 되어봐야 김치일 뿐
끌려온 장마당에
갓 쓴 체면 봐서 작작 좀 뒤적이지

매운맛 가르치려 쓴 갓
이 집 저 집 상위에 올라가
톡톡 바른 맛 알려줬는데
아무도 선비로 여기는 이 없다네

이까짓 갓 벗어버리고
세상 양념 골고루 묻혀
두루두루 맛나게 살아볼 걸

모과

소실댁네 눌러살던 남편
모과주 담가놓고 기다리던
울퉁불퉁한 정

과일도 채소도 아닌
사랑도 미움도 비켜 간 모과

이파리 다 지도록
매달린 설움
샛노랗게 물들었다

늦가을 뒷마당
기다림 풀썩 떨어져
광주리 철철 채우고도 남은

복상사

두 번 이혼과 상처喪妻 한 번
모양새 빠진 친구 녀석
네 번째 혼인은 말려볼 걸

둘이 잠들었다가
혼자 눈 뜬 기막힌 아침
팔자타령 하기에도 벅찼을 텐데
비틀린 세상 고약하기도

손만 잡고 잤다는데
무슨 상상 하는 겐지

수의 한 벌 입혀
복상사 주지 스님께
그 영혼 맡겼지만

고향도 마다하고
어느 하늘 돌고 있을까
댑싸리보다 더 마른 지 엄마

마루에 걸터앉아 대문만 쳐다본다

땡땡

반 뻠 해 꼬리 나폴거리는 오후
사내 셋 계집 하나가
술판을 벌였다

사는 곳도 하는 일도
바라보는 하늘도 서로 다른데
술 좋아하는 배짱은 같다

술자리에 불려 나온 안주
정치 경제 사회 문화
실패한 첫사랑과 퇴적된 연애까지

상다리 부러질 씀을 거리에
줄줄 술이 샌다
주인 놈이 소주병에 빵구를 낸 것 같다

역으로 가는 길에는
엷은 어둠이 내려앉았고
다 먹은 찌개 냄비 눌어붙은

농담이 얼큰하게 자빠져 있다

늦여름 무싯날
대폿집 건너 예배당 종소리
땡땡 회개하라신다

편지

전 슬프지 않습니다
드디어 이 외로운 별에서
짐을 싸셨군요

아픈 것도 슬픈 것도
모두 내려놓고
아홉 개의 하늘 건너가시나요

후회는 가져갈 수 없고
울음도 필요 없는 곳
오늘 길 위에 돛을 펴
훨훨 날아가셔요

셀 수 없는 별처럼
우리 함께한 기억
순풍으로 보내드립니다

울지 않겠습니다
그저 당신을 사랑한 가슴 한 조각

보이지 않을 때까지
흔들어 배웅할게요

혹 시간 나시면
봄에는 꽃비로
가을엔 단풍으로
기별해주시길

개자추는 어디에

전기 수도 가스
삽살개 묶은 줄
결혼사진

혼 팽개치고
몸만 건진 밤

혈압약 못 챙겼다
징징거리는 여자
가래 기침 소리
대피소가 뜬 눈으로 날을 샜다

불벼락 맞은 산
푸닥대는 헬기가
물 짐 져 나르는 동안

도망 못 간 소나무 참나무
바람 불 적마다 서걱서걱
시커멓게 타버린 속 서로 보이며

개자추를 묻는다
어디로 내뺐는지 참 나

연화도*

평일 낮
햇살 어슬렁대는 선착장으로
살찐 고양이 한 마리 마중을 나왔다

문 열어놓고 기척 없는
포구의 식당 수족관 없이도
활어들이 평상 밑에 숨어 헤엄을 친다

비취색 바다 한 무더기가
불그스름한 고무다라이에 앉아
어머니 대신 가게도 보고 누나처럼
철퍼덕거리는 아이들을 보고 있다

동백나무 숲으로
해풍에 밀린 노을이 찾아오면
비린 것 주우려 갯가로 갔던 여인들
따개비 같은 집으로 돌아오고

육지 가는 막배 고동을 울리면

돛대에 걸린 초록별
연꽃섬 해변에 별똥을 쌓는다

바다가 뚝방인 섬
등대에 불 꺼진 지 오래여도
해마다 연꽃 잊지 않고 피어난다

* 경남 통영시 욕지면 연화리. 연꽃 닮은 섬이라 연화도라 부름.

메밀꽃 반가사유

오대천 휘감고
선자령 넘어온 안개 흩어지면
가부좌 튼 가산可山이 있다
달빛 언덕에 핀 메밀꽃

턴테이블과 원두커피
가난한 부르주아는
효석의 낭만

봉평 대화 진부 장평 대관령
먹여 살려야 할 평창 때문에
죽은 효석 죽지 않고
부르면 달려온다

물레방아 이끼 무성한데
메밀은 대체 어디서 찧어대는지
배고픈 반가사유상 배꼽으로
꼬순 내 시나브로 모여들고

장어의 꿈

영호강* 헤엄쳐
바다로 간 먹장어 한 마리

꼬리로만 앞서 가느라
쓸개 없어진 지 오래

기장 포구 앞 푸른 물속
비늘 털고 날개 단 장어
꿈틀 하늘 오른다

민물 거슬러 온 시간
소금에 절여진 짭짤한 오늘
절반은 두손

나머진 몽땅
꿈꾸는 성구기 모가치**

---

* 경상남도 거창군 거창읍을 가로질러 황강천과 합류 낙동강으로 유입되는
  지방하천.
** 몫의 사투리. 경상도 내륙지방의 방언.

동강할미꽃

정선읍 가수리
정 떼고 도망가는 물만 보던
뺑대*가 꽃을 피웠다

바람이 입김을 불어
꽃대의 발바닥을 간지럽히면
삼월은 햇살을 풀무질하고

끊어진 버스 길 따라온 어둠
동강 언저리에 숨어들면
빈 배에 실린 달빛 일렁이고

별들이 다녀간
석회암 붉은 벽 보랏빛 숨구멍
꽃들이 기지개를 켠다

보름만 허락받은 외출
꽃으로만 살다 가리라
자존심 굽히지 않았다

찬란한 봄 여기 두고
비녀 풀며 스러져
허리 세운 동강할미꽃

* 벼랑, 절벽의 강원도 사투리.

손택수 시인과 시인 손택수

그의 이름 앞에 시인을 붙였다
시 쓰는 손택수가 되었다
이름 뒤 시인이라 적어보았다
사람 손택수는 시인이었다

어떤 게 우선인지 중요하지 않다
시 쓰는 사람 손택수
사람 손택수는 시인
어떤 것과도 잘 맞는다

시를 얘기하는 순간 그는 천상 시인
물사슴이 나누는 사랑을 얘기할 때는
그저 보통의 사람이었다

어떤 모습이어도 좋다
그는 젊고 건강하고
시 쓰는 사람이면 된다

시인 손택수이거나

손택수 시인이거나
글 쓰는 손택수이면 된다
그도 그렇게 여겼으면 좋겠다

복어卜語 예찬

내가 아는 물고기 중에는
복어도 있습니다
참복 검복 밀복 자주복 꺼끌복
종류만큼 이름도 갖가지

껍질 간 알 심지어 눈에도
테트로도톡신 맹독이 있어
죽음의 맛까지 준비된 물고기입니다

내가 아는 또 다른 복어도 있습니다
풀과 나무, 꽃과 나비를 친구로 둔
복어卜語

남원 고개 넘어 범실재 사는 복 씨가
바람과 햇살로 빚은 독을
작문作文에 넣는다는 소문을 들었습니다

복어福魚 독보다 복어卜語 독이
더 세고 크고 무섭다고 합니다

복어ㅏ語 중독은 고칠 수 없는 병
불치병이라고 합니다

인제

아직도 서른 살
모던하게 살고 있는
그를 만났다

뜰 앞엔 가을이 익고 있었고
바람이 불어도 비가 내려도
도무지 입술 열 것 같지 않은
젊은 시인이 있다

낙엽 뒹구는 공원 의자에
상심한 그를 앉혀두고
술잔에 떨어진 별을 마셨다

이별 잦은 세상
기약 없이 인제 떠나는데
300m 전방 우회전 원통리 있다

삶도 죽음도 문학도
목마를 타고 도망간 숙녀마저

인제 살아서 다시 얘기 못 할 원통이다

띄어쓰기

도로 표지판 글자는
띄어 쓰지 않는다

도시와 도시의 경계
입구 출구 졸음쉼터 휴게소
터널 통과 높이 길이
정체 구간 주행속도

최소의 표기 띄어 쓰지 않기는
낯설지 않은 상식 이해의 기준이다

다만
예외 한 곳
동시흥분기점

동시흥 분기점
띄어쓰기 표준 이정표

동시다발 흥분하면 무슨 일이 벌어질지

끔찍한 사고를 막을 수 있다면
원칙도 깰 수 있어야 한다
혀 빼물고 흥분하는 이도 있었지만
동시흥분기점에서 저 혼자 거품 물고 흥분해보시든가

달과의 만찬

세상에서 퇴근하지 않는
식구들의 평계를 전하러 온
달과 저녁을 먹는다

멸치 서너 마리 빠뜨려
어머니가 보내준 청국장을 끓였다
신김치 풋고추 고독의 건더기를
양푼에 넣고 휘적휘적 비벼
달과 함께 나눠 먹는다

어때 맛있지?
달의 어깨를 짚고 어머니가 묻는다
시험에 떨어지고
직장에 쫓겨나고
남편의 애인을 만났을 때
밥 동무 되어주느라 찾아오는 달
이집 저집 위로가 되어주느라 만삭이 되었다

배부른 달은 저만치 물러났는데

숟가락을 놓지 못한다
먹어도 먹어도 배부르지 않은
허전한 병 내 안엔 아귀가 살고 있다

콩국수

신체검사 훈련소 자대배치
불침번 서는 햇콩
씻고 불리고 삶고 갈고 걸러
군인이 되었다

첫 휴가 나온 새까만 콩
국방부가 입혀준 옷 제법이지만
어깨에 멘 작대기 한 개 버거워 보인다

자주 먹는 고기 말고
저 좋아하는 콩국에 국수 말아달랜다
짱박아둔 콩 한 됫박 든든한 예비군

지글지글 펄펄 가마솥 끓는 날
콩물 양푼에 들어앉은 사리
장지문 여는 바람 매미 다그치고
그라암 못 쓰쓰쓰 모써 얼 싸라암 싸람

대청마루 괘종시계 열두 점

8월 한낮 새파란 승소僧笑*가 홍건
게락**이다

* 스님의 미소 공양으로 국수가 나오면 몹시 흡족하여 짓게 되는 미소를
  일컫는다.
** '홍수'의 강원도 방언.

상원사 문수전

찾으면 안 보이더니
소용없는 즈음
툭 튀어나온
망할 놈의 효자손

윗도리 홀떡 벗어제끼면
얼른 대들어 척척 긁어주는
눈치 빠른 손 있으면 얼마나 좋을까

봤어도 못 본 척
문수동자 아직도 계시려나
등가죽 가려움증 불도장 한 방이면
수월하게 나을 텐데

푸른 인주 묻은 전나무 숲 지나 상원사
천 년 넘도록 가려움 참고 있는 문수전
이 악물고 버티느라 새소리 바람 소리
듣는 둥 마는 둥

마리아 여인숙

양철 간판 비스듬히 누워 있는 지붕
마당에 눈 흘기는 봉숭아 곱기도 하다
포구의 고양이 성급한 저녁 물고 오면

바다 눈총 피해 돌아온
고기 잡는 아저씨들
물색없이 퍼마신 방랑 술꾼
집 나온 어린 연인들

꿈자리 사나운 게 별일 축에 들지 않는다면
하룻밤 삼만 원
마리아 여인숙에 묵어가도 좋겠다

소금기 찐찐한 바닷가 여인숙
마리아 명찰 달고 기다리는 어머니 위해
예수는 노을 붉은 바다에 그리움 걸어두었나
미친 듯 타오르고 있는

2부

미워도 108번

미워도 108번

뒷번호가 108번인
택시회사 유리문에는
맨날 영화 포스터가 걸려 있었다

어느 해 장마
택시 상호 위
본 사람은 전부 울었다고 소문 난
'미워도 다시 한번'이 나붙었다

홀랑 젖은 여배우 발 아래
'다시 한번'이 찢어지면서
어물쩍 끼어든 108번
'미워도 다시 한번'은
'미워도 108번'이 되었다

'미워도 108번'이 절찬리에 상영될 적엔
할매도 엄마도 울 언니마저
108번 우는 게 예사인 시절이었다

참새 방앗간

쪼그라든 종가 살림
쓰잘데기 없는 딸들은
열아홉 넘도록 문간방 같이 썼다

언니들 친구들 동네 새댁들
우리 집 구들장은 참새 방앗간

뻘 속 꼬막 뿔소라 갯고동 홍합
제 방 갖고 혼자 사는 녀석들
부러워 미칠 뻔했는데

참새떼 어울려
다 같이 모이 쪼아본 적 없는 게
비극이란 걸 혼자 살며 알았다

삼미식당

학교 끝나고 집으로 가는 길
짜장 볶는 냄새 진동을 했다

적당히 붙은 돼지 비곗살
달큰한 양파와 춘장이 뒤섞인
환장할 볶음질에 혼이 빠져
쿵쿵대느라 자빠지기도 하고

홀이 훤히 보이는 유리창 안으로
무럭무럭 김이나는 짜장면이 보이고
노란 단무지가 왔다 갔다 하면
나도 모르게 콧구멍이 벌렁거렸다

뒤축 닳아버린 말표 고무신 끌고
마른버짐 잔뜩 핀 동생 손을 잡고
부러 삼미식당 앞으로 마실을 다녔었다

저녁 해 뉘엿뉘엿
골목에 가로등 켜지면

멀리 막걸리 몇 잔 걸친 아부지가
삐뚤삐뚤 집으로 걸어오고
삼미식당 굴뚝에도 황홀한 요리 냄새가 피어났다

누군가 내 고향 거창을 물어본다면
삼미식당 쪽으로는 걸어가지 마라고 한다
그 냄새 맡고 짜장면 탕수육 안 먹을 수 있다면 몰라도

그슥아 노올자

내 고향 거창에는
집 집마다 그슥이가 산다
다 다른 그슥이들
그 그슥이 누군지 다 아는 그슥이들

상동 앞담 뒤 재건학교 뒷골목
봇도랑 끼고 충혼탑 죽전 개봉 참새미
창동교회 포교당 강양 비석골 홍구리
시장통 뻥튀기 원철이네 가끼우동집 정미
남수네 고물상 합수 물축꾸리 제일극장 아림탕

"그슥아 노올자" 소리치면
맨발로 뛰쳐나오던 그슥이들
"저녁 무그라" 엄마가 부를 때까지
붉은 놀 13자산* 벌겋게 물들여도
땅따먹기 오징어 뻥 반죽께미 노는 데만 정신 팔았다

덕유산 천왕봉 주목나무
살아 천 년 죽어 천 년이라지만

돌삐보다 딴딴한 우리 정만 할까
아직도 그슥이가 저인 줄 아는 그슥이들
너무너무 좋다 좋아서 죽을 지경이다

* 반공교육에 철저했던 박통 시대, 중요한 산봉우리마다 숫자를 새겨 간
  첩이나 기타 세력들을 철저하게 방호했더랬지. 내 고향 거창에는 13자
  산까지 있었더랬지. 읍내를 완전히 포위했던….

환갑

원상동*에서 건계정**까지
노총각 애달구는 영산홍
콧방귀 붉게 뀌어대고
자생병원*** 목련꽃 재채기에
자줏빛 봄 떨어지던 날

가조로 시집간 지지바
환갑맞이 축시 한 편 쓰라는
고약한 숙제를 내줬다

갑장끼리 무슨 글
친구끼리 무슨 말 더 필요할까

어쭙잖은 내 시詩보다야
너 장하다 참 잘 살았다
서로 등이나 한번 토닥여주면 되지

그래도 꼭 써야 한다면
서둘러 별이 된 머시마 가시나

빈자리 돌아보지 말고

지저구 차면 어때
으라차차 히떡 날아보자
우린 지금부터 봄이야

---

* 경남 거창군 거창읍 소재 법정 행정동. 도로명으로는 강변로이다.

** 경남 거창군 거창읍 거안로 거창 장씨 문중에서 1905년 건립한 정자.
경남문화재.

*** 경남 거창군 거창읍 국가등록문화유산 근대의료박물관. 1954년 외
과의사 성수현이 세움. 개원 때 심었다는 병원 뜰앞에 자목련 개화하
는 봄이면 장관이다. 수령 80년.

오빠

차도 없고 운전도 못 하는 상등신
용케 서울 가는 버스는 탈 줄 알았다

잿빛 근무복 입고 반짝이는 염주 쉬지 않고 굴리는
관심 스님 한 분이 내 옆에 앉으셨다
몇 살인지 어디 사는지 무슨 일 하는지
서울엔 무슨 일로? 불경 외우듯 끝없이 물어보셨지만
도 닦듯 모른 척 눈 감고 세 시간을 버텼다

버스가 동서울 터미널에 사람들을 부려놓았다
내내 답을 피한 결례를 마지막 합장으로
옆자리 연의 예를 다하려 했는데
"어려워 말아요 담에 만나면 오빠라고 불러도 돼요"
○○암 ㅁㅁ주지 금박 명함을 받았다

팔자에 없는 스님 오빠가 생겼다
오빠라고 부르지 못할 건 또 무엔가
옵~파 황공하옵니다

서울 지는 해는 서촌으로 넘어가고
오빠 해는 홍대 쪽 빌딩 숲으로 사라졌다

싱*

첫사랑 오빠가 동네를 떠났다
오디 검붉게 웃고
무논에 모내던 정신없는 날
제 새끼 남의 집에 버린 뻐꾸기
툭 하면 뻐꾹거리던 늦은 봄
계가 깨진 뒤였다

발바닥이 빨간 무당개구리
해 넘길 기다려 떼 지어 울면
들창 열고 놀러 온 별에게
이사 간 오빠를 물어보았다

하늘도 날 수 있었던 열다섯
기도는 오직 하나
제발 다시 만날 수 있게 하소서

한여름 서릿바람에
풀썩 고개 꺾인 짝사랑
얄궂어라 아직 내 심장에

싱으로 살아 꽃 피우고 있을 줄

* 심 또는 줄기 경상도 사투리. 나무나 풀의 고갱이 섬유질로 뭉친 단단한
  식물의 재질.

김부각

신문지로 멍석말이 당한 김
예쁜 얼굴 어디 가고
구겨진 보랏빛 수인번호

생돈 주고 산 게 아까워
되직한 찹쌀 풀 먹여
몇 날 바람과 햇살에 맡겼다

기름 솥에 지진 김부각 씹으며
스스로 아무것도 아니라는 여편네
굳이 김 여사로 부각하는 뉴스를 본다

세상 꼬순 맛 바삭 와사삭
밥반찬 안줏거리 주전부리엔
김부각이 최고

달고나

설탕만 보면
연탄불에 그을린 국자
소다로 몸 부풀리고 누운
스뎅 판때기 달고나 생각난다

혀끝에 감기던 달짝지근을
임플란트 어금니는 알 리 없지만
가운데 찍어 누른 우산
침 묻은 바늘로 떼어내려 애를 썼다

비 내리는 밤 찌르레기 울면
달고나 우산 녹는 가을이 온 것
설탕 국자 몹시 그리운 시절이지

무화과

눈물 흘리지 않아
의심받는 슬픔

장미 수국 맨드라미
벌 나비 둘이서만 꽃 피운 줄 알지만
햇살도 제 몫 하느라 고단했다

꽃 없이 열매부터 맺은 무화과
안으로 여문 사랑 알지 못해도
그 맛 모를 리 없다

사랑은 숨겨야 맛있다
입 다문 무화과처럼

가자미

남쪽 바다
정치망에 걸렸다

빗금 친 줄 모르고
달빛에 홀려 온 것뿐

옷 벗기고
속살 포 뜨는 고문에도
꽈바칠* 정보가 없다

남과 북 들락거린
마타하리 가자미
물타기 생 후회 없지만
물밑 사정 말이라도 해볼걸

* '일러바칠'의 방언.

깍두기 타령

어쩌다 친구가 된 에이꼬의 생일
흔들리는 땅 위에 눈이 내렸고
외국인은 달랑 나 혼자였다

구석에 찌그러져
삿뽀로 삐루 홀짝거리며
창밖 쉬지 않고 눈 나려
가와바타 야스나리川端康成와
설국을 생각하는데

에이꼬가 노래를 불렀다
"까테기 까테기 까테기 사냐으를 나간다"
독도는 너희 땅이 맞어란 말 안 했는데
겉도는 이방인을 위한 노래에 잠금장치 풀렸다

사람과 세상을 묶는 끈 수없이 많지만
고바야시 에이꼬小林英子가
엮은 것보다 질긴 건 없었다

눈 오지 않는 아무 날에도
장국밥 따라나서는 깍두기 보면

쫀드기

유통기한 훨씬 넘긴 추억이
학교 앞 문방구에서
연탄불에 구워 팔던
주전부리를 데려왔다

물리고 뜯기고 씹히며
전 생애 건너가는 불량식품
고무다라이보다 더 질긴
우리 어매랑 어지간히도 닮았다

나도 없는 옛집에서
나 오기만 기다리고 있었나
목 빼고 삽작까지 마중 나온 미륵

딱지치기

장롱 밑에 모셔둔 방학숙제
아무리 더듬어도 나오지 않아
등긁개 휘적거려 왕 먼지만 잔뜩 꺼냈다

사라진 국어 산수 공책
우리 집 삼대독자 동생이
딱지판에서 몽땅 꼴아버렸다

딱지가 권력이었던 코흘리개들
딱지 된 숙제 찾으려
개학하기 하루 전날 밤 숙제 따먹기 한 판
낱장으로 찢긴 숙제가 넝마로 돌아왔다

닭똥 같은 눈물 흘리던 여덟 살 적 내 얼굴
모른 척 돌아서던 그 여름 웃고 있다

묵호항

은비늘 아롱이는 수평선
꼬리 뒤척이며 자맥질하는
바다가 있다

그물에 걸린 바람과
소리 없이 뛰어온 파도는
항구에 몸을 부렸고

그림자 구부러지던 날
돛대로 쓴 편지
배보다 먼저 부두로 왔다

세상 모서리 바다 끝
부레 없이 숨 쉬는
묵호항 가야겠다

남부시장*

국밥 냄새 가득찬 먹자골목
찜솥에 드러누운 돼지가
비닐 이불 덮어쓴 채 웃고 있다

가벼운 주머니를 잘 아는 부위별 돼지들
살점도 국물도 배부르게 내어주리라
종일 찜질방에서 땀 흘리며 기다리지만

오가는 사람 없이
어쩌다 든 손님 술주정에
순대 염통 기가 막힌다

미처 팔지 못한 저녁
내일과 글피로 가는 길목에서
오늘은 그저 쉬었다 가는 것일 뿐
코앞에 향교 있어도 남부시장이 어때서

* 원주시 치악로 1803 명륜동 소재의 상가형 전통시장. 1995년 개장.

곶감

산 그늘에 갇힌 할머니 집
동으로 난 창문에 성에꽃 피었고
군불 때며 나온 그을음이 겨울을 달랜다

지난가을
뒤 울타리 늙은 감나무가 해산한
감이라 부르기에 옹색한 것들로

더딘 손으로 몇 날을 깎아
무청 처마 끝으로 밀어내고
햇살 푸지게 드는 자리 골라 주셨단다

겉옷 벗겨내고 한 줄 꿸 때
떫지만 않으면 겨울밤 씹을 거리로
거는 기대 없었다며
곶감에게 미안해하신다
열네 살에 시집온 할매 어린것에
기대 안 한 여자구실을 9남매로 복수했다

늙음에 대하여 혹은
어린 것에 대하여 생각한다
늙음은 떫음을 지나온 젊음이라는 걸
곶감 먹으며 처음 알았다

술래잡기

하얀 연기 뱉으며
소독차 지나간다
부르렁부르렁 주절거리며
잊고 있던 얼굴들 데려왔다

술래가 소독 연기 꽁무니 따라가고
놀이판 아이들 우르르 몰려가면
빈 골목 주홍빛 노을만 덩그러니

옆 마을 아이들
차도 연기도 지네 동네 것이라 우기면
텃세에 쫓겨 되돌아오던 길
초저녁별 하나 오도카니 남겨두고

어디께 산다 소문만 보내는 그슥아
혹시나 그때처럼 소독차 보이거덜랑
당최 혼자서는 따라갈 생각 말아라

고향 동무들

여적지 너 기다리느라

늙지도 못했단다

반달

걱정이다

바지에 운동화가 젊잖겠지
아니야 그래도 몇 년 만인데
치마 입고 구두 신고 폼 잡아볼 거야

늘어난 목주름 감춰주지 않는
거울 앞에서 혼자 하는 동창회
희고 말랑한 근심 밤 깊은 줄 모르고

어제보다 핼쑥해진 얼굴
저도 동창회 가려는 걸까
반쪽이 된 달

3부

백설공주의 비애

망상해변

열일곱 가을
종일 내린 비에 젖은 골목
교복 입은 내가 걸어온다

야자 시작하는 교실에서
웅크리고 기다리던 모의고사
여기까지 따라왔다

수능 시간표대로 산 세월
잊은 줄 알았는데
회초리 치는 파도에 종아리 시퍼런 바다가 있다

정답은 없고 오지게 틀린 답안지
성적 부스러기 따위는
망상에 버리고 가야지

누구나 와서 무슨 푸념 늘어놓든 말든
끄떡없는 망상해변
먼저 다녀간 한숨들

모래 왕국만 세웠다

무덤

예초기 톱니에 베어진 푸른 목숨들
무덤 곁에 쌓인다

저 못 오면 그만이지
굳이 모르는 이 보낼 것까지야

덤으로 산 일생 끝내고
덤 없는 무덤으로 왔는데

베어도 다시 솟는 풀
해마다 덤으로 따라오네

시치미

내 안에 살고 있는 그를
죽었다 할 수 없다

얼어붙은 나뭇가지 속 새순은
봄을 참고 있을 뿐

보이지 않는다고
사라진 게 아니듯
떠나는 것도 남는 것도
그저 시치미를 떼는 것

그는 단지
변덕을 부리는 것
서러워할 일 아닌 것에
잠시 뒤로 물러서는 것

걸스데이

송편 빚고 전 부치고 탕국 끓여
제대로 추석 지내자는 건
다리 몹시 불편한 어머니 계획

맏딸은 손목터널 증후군
어머니 외아들 부인은 귀하신 분
둘째 딸 허리는 앉고 서는 게 장한 노릇
꼬랑지 딸은 돈 부역이 으뜸인 줄 안다

여자 다섯
금 가고 이 빠진 사기그릇들
데뷔도 못 하고 걸스데이 해체되었다

아이돌 사라진 자리에
완경 이룬 보름달 떴고
소녀들의 날이라
춤추고 노래 불러야 하는데

복사꽃

마른버짐 핀 얼굴에
봄눈 내린 건 서럽지 않아

헤어지던 그날
느닷없이 뺨 치며
화들짝 위로가 피었다

눈치 없는 꽃망울 터지며
도화살 인질로 붙든 분홍바람

피는 것도 지는 것도 제 맘대로
이렇게 되바라진 화냥꽃

백설공주의 비애

흰 눈 같은 피부의 비밀이
사과의 장복이란 게 밝혀졌다
그렇다면 어디 나도 도전해볼까

고와져라 이뻐져라
주문을 외우며 한 입 크게 베어 물었다
껍질째 먹어야 한대서 덥석 깨물었다가
소중한 어금니 하나를 잃고 말았다

이런 낭패가
그냥 팔자대로 가만히
생긴 대로 살걸

공주는 아무나 하나
젊어서도 못 해본 공주를
빌어먹을!

쓰바아
백설공주는 나쁘다

세상의 모든 이쁜 것들을 향하여
구시렁대보지만
생떼 같은 내 이 돌아올 리가

이어도

이여 이어 이어도
먼지와 모래가
한라산 만들 쯤
설문대 할망 뒤춤 열고
슬그머니 뿌린 전설 한 줌

이여 이어 이어도
여기 어딘가
물 밖 고개 든 여
파도에 깎인 숨 참고
밭은기침 뱉어내는 쉼표

이여 이어 이어도
조 껍데기 막걸리 한 잔에
흥 같은 슬픈 곡조 숨비소리
탐라국 로렐라이여

맷돌

세상 어처구니없는 어긋남

제 깜냥대로 갈구느라
삐뚤어지며 돌아선 돌 두 개

싸우면서 둥글어진
아랫돌 윗돌

거꾸로 맞닥뜨린
어깃장 한 덩이

오해 1

모처럼 친정 나들이에
혼자 사는 어머니 묵은 살림
치우고 정리하느라 허리를 삐끗했다

동생이 놓고 간 등산용 스틱 딛고
근처 한의원 침 맞으러 나서는데
아참참! 여긴 말 많고 탈 많은 내 고향
나인 줄 알아보고 억측할 인물들 걱정에
멋내기용 새까만 안경으로 변장을 했다

욱신거리는 통증에 걸음이 떨렸다
빨간 불 깜박이며 신호 대기 끝나갈 쯤
젊고 건강한 웬 청년이 내 팔을 붙든다
"앞도 못 보시는데 도와주시는 분도 없이…"

그날
아름다운 청년의 보살핌 속
작대기 끝에 박힌 쇠붙이 딱딱 소리 내며
병원 앞까지 더듬고 따라가는 척하느라

식겁했다

오해 2

서울에서 동창 모임 있던 날
강변역에서 지하철을 탔다

금요일 오후 전철은 북새통이었지만
분홍색 임신부석은 텅 비어 있었다

노약자석에 앉아 계시던 신사분께서
나를 지목하며 큰 소리로 외쳤다
"홑몸도 아닌 것 같은데 얼른 이리와 앉으시오"

한껏 차려입은 얼뜨기
차마 살이 쪄 이렇노라 말할 수 없어
종각역까지 아이 밴 여자가 되어
핑크빛 미소 머금고 편히 앉아서 갔다

아이를 낳지 않으려는 시대라지만
배만 불러도 대접받는 세상이다

오해 3

나는 내가 귤인 줄 알았다
황금 갑옷 떨쳐입은
새콤달콤 탱탱한 속살

나는 내가 탱자인 줄 몰랐다
가시넝쿨에 매달린 시고 떫은
이토록 많은 씨, 살 속에 박아둔

늦은 밤 술 취한 아저씨 발에
짓이겨지고 말았다

성실하게 살았고
비타민 무지막지 많으면
생긴 게 별로라도
값은 제대로 쳐주는 줄 알았다

오해 4

주인공 이름조차 생각나지 않는
영화를 봤다

하품 참느라 흘린 눈물에
분 바른 얼굴 덕지덕지 얼룩이 졌다

같이 극장 간 남자가 퍼뜨린 소문
감수성 단연 최고

방귀라도 뀌었더라면
어떤 말 나돌았을지

삼류 영화 보고도 울어버린 내가
순정을 위하여 뭔들 못 할까
착한 척 순한 척 척척박사로 살아봄직도

오해 5

점심 먹었어?
그럼 먹었지
오늘 날씨가 제법 쌀쌀하지?
그러게 감기 걸릴라 조심해

잠깐 끊어봐 나가서 다시 걸게
어떤 미친 여자가 자꾸 말을 거네

시장 공중화장실 옆 칸
나한테 하는 말인 줄 알았다

물 내리는 소리 한참 지났는데
화장실 문 오랫동안 열지 못했다
지구는 나 때문에 돌고 있는 게 아닌 것 같다

오해 6

호랑이 새끼를
두들겨 팬 겁 없는 놈 때문에
산중에 동물들 모두 불려 왔다

"야 너 나이키 입은 놈 네가 때렸지?"
진범인 불곰은 벌써 튀었고
인상착의 비슷한 반달곰이 덮어썼다

하지 않은 것도
한 것으로 몰아가는 야만의 세계
이런 꼴 당하지 않으려 차라리
그들은 멸종을 택한 것일 수도

오해 7

조스가 한밤에
봉변을 당했다
잠결에 당한 테러에
이빨이 부러지고 지느러미가 흔들렸다

날이 밝아 바닷속 낱낱이
한 놈 한 놈 훑어 마침내
그놈을 잡았다

먹물로 위장하고
여러 개의 발로 두드려 패던 기억 생생하다
"야 이 쉐끼야 모자 썼다고 내가 모를 줄 알아?"

한참 전 도망간 문어 대신
모자 쓴 오징어가 누명을 썼다

비슷하면 위험한 세상
우기면 이긴다
진실은 힘이 세지 못하여
그 많던 오징어 동해를 떠났다

오해 8

음주운전 차량에
배추들이 중상을 입고
병원에 입원을 했다

cctv도 목격자 진술도
한결같이 무를 지목했지만
잡혀간 건 줄 없고 빽 없는
홍당무

타고난 피부색이라 항변해도
음주운전 현행범으로 구속되었다
붉으면 술 안 먹었어도 먹은 것이다
붉은 건 죄다

단무지 팔아 개망나니 된 무
멀쩡한 홍당무 잡더니
이제 배춧값을 미쳐 날뛰게 한다

오해 9

직장 기숙사에서
출퇴근하는 아들이라
먹고 자는 걱정 하지 않는다

'저녁 먹었니?'
에미가 되어 소홀한 게 걸려
모처럼 다정한 문자 보냈다

한참 만에 답이 왔다
'아뇨'
'아니 지금 시간이 얼만데'
'저녁은 먹었구요 저년은 안 먹었어요'

ㄱ과 ㄴ 바뀐 것쯤이야
아무것도 아닌 게 아니다
아들에게 ㄴ으로 한 방 맞았다
다 저년 때문이다

오해 10

포수가 참새를 향해
방아쇠를 당긴다
이를 본 친구 참새
"총알이야" 급하게 외쳤지만
총알을 피하지 못한 참새는
입을 벌리고 죽었다
앞니가 빠져 총알을 콩알이라 말한 탓에
입 벌리고 받아먹으려다 죽은 것이다

샛바람을 통과한 말이라도
입술로 걸러 안심을 사둬야겠다
내게도 집 나간 발음이 총알로 장전되어 있을 수 있다
대문니부터 어금니까지 총총 빠진 이빨 다시 보자

4부

엘레나가 된 바나나

마두금*

몽골 초원 어디에도
죽은 자를 기억하는 묘비는 없다

숲으로 간 늑대를 따라
별 부서져 내린 벌판에
주검을 배웅하면 그것으로 끝

흰 뼈 으스러져 모래 되거나
알타이 검독수리로 환생한다는
칭기즈 칸의 후예들

핏빛 석양 아래
마두금 울리면
그들의 작별은 헤어짐이 아니다
죽음으로 떠난 이 아무도 없으므로

* 말머리 모양을 한 몽골 전통악기. 가축이나 자연물이 임종을 맞을 때 마
두금을 연주하면 새로운 영혼으로 탄생한다는 라마불교 윤회에서 나온
설說.

대나무

징용 가 소식 끊긴 남편
전쟁통에 죽은 외아들

일가들만 모여 사는 촌에서는
층층 어른들 눈도 입도 무섭다

숲에서 시집와
숲실댁으로 아흔 해

담벼락 넘어온 바람
종갓집 대숲 흔드는 날이면

은비녀 풀어 망보게 하고
주저앉아 목을 놓았다

휘어지는 것 배우지 않아
속 비우며 키운 곧은 절망

금 그은 마디마다
푸르게 박힌 옹이

1970년 페미니즘

자야는 내 친구, 자야 조카는 식이, 식이는 어렵게 어렵게 태어났다

자야 큰언니 배불러 오기 전까지 아무도 몰랐다 자야 아부지 어머니, 자야네 집 수캐 야무치도 우리 동네 사람들 아무도 몰랐다 제사공장 다니는 얌전한 손녀가 배가 불러오면서 자야네 할배가 자야 아부지를 지게 작대기로 후려 패면서 닦달하지 않았으면 우리 집 문간방 노총각이 자야 언니랑 응응한 사실도, 동지섣달에 잔치국수 말고 초상집 국밥 먹을 뻔한, 어떻게 될지 모를 긴박한 사건이었지만 원삼 족두리 활옷 입고 찍은 혼례 사진에 배부른 티가 역력한 것 말고는 대체적으로 원만하게 진행된 혼인이었다 돼지 잡고 출장 사진사도 부르고 에북 큰 잔치였다 연지곤지 찍고 몹시 피곤한 듯 자야 큰언니와 면 서기였던 자야 큰형부의 싱글벙글 웃으며 찍은 사진 뒤에 나도 찍힌 걸 자야가 보여주었다 1974년 12월 20일 사진에 찍혀 있었다 식이 태어나기 딱 한 달 전 세상 구경 복잡하게 한 자야 조카 식이의 아들, 자야 큰언니 손자의 결혼식이라고 청첩장이 왔다 집안의 훌륭한 전통을 이어받아 식

이 엄마도 식이 마누라도 식이 며느리 될 아이도 혼전임신으로 예단을 준비했단다 다행히 식이 외증조부 이후 작대기로 폭력을 행사한 어른들은 아직까지 없다고 한다 다행한 일이다 아이가 생기는 일이 예삿일이던가 작대기로 해결할 일은 아닌 데다가 혼자 만든 게 아니잖은가? 세상은 많이 변했다 그렇단 얘기다

엘레나가 된 바나나

델몬트 상표 붙은 바나나
컨테이너 타고 외국 가려면
아이들은 책가방 내려놓고
학교 대신 농장으로 간다

그날 밤 그 역전 그 싸롱에서
엘레나가 된 순이 보면서
병든 아버지와 교복 입은 오빠도
귀 막고 눈 감고 입 다물어버렸다

망고 파파야 두리안
함께 팔려 온 아이들 틈에
엘레나가 된 바나나 노랗게 질린 얼굴이
진열대 맨 앞줄에 앉아 있다

티눈

마지막 사랑을 두고 온
태백선 무궁화호 열차
발톱 세운 바람이
사북역에 내린다

함백산 솟아 지장천 흐르는 곳
갑을병 열 맞추는 광부도
깊이 더 깊이 후벼 팔 광산도
이제 더는 없는 곳

서방 없이는 살아도
장화 없이 살 수 없던 날들
예술도 철학도 사북에선 길가의 개똥

죽음을 이기고 살아남은 검은 돌
사북 땅 여기저기 티눈처럼 박혀 있다

심부름

타박타박
어린 홍매* 심부름 가던 길
건너 못 오게
북한군 둘 지키고 있다

강 건너 남양** 사는 외할머니
밥때 놓친 굴뚝 달래느라
두만강 안개로 포대기 둘러
칭얼대는 저녁을 업었고

얼음에 갇힌 초소에는
의심 가득한 별들이 내려와
국경의 밤을 만지작거린다

도문*** 다리 건너 외갓집 심부름
감기약 박하사탕 미역 한 오리
엄마 오늘도 못 갈 거 같아
저기 총 멘 군인들 좀 봐

* 옌지(연길)의 조선족 여성. 외가가 북한에 있고 유년기를 북한에서 보낸
  여행사 직원.
** 조선민주주의인민공화국 함경북도 남양시. 조중 국경도시.
*** 두만의 중국식 명칭. 지린성(길림성) 강폭 30m 초접점 국경지대. 탈
  북 루트이다.

화엄 가는 길

태극기 두르고
시내버스 탄 애국 아재
아무개, 머시기를 석방하랏!
고래고래 악을 쓴다

조용하라는 기사에게
평생 운전이나 해 처먹으라 막말에
"평생 버스만 타라"
참지 않고 받아친 아저씨 응수에
박상 같은 웃음들이 터졌다

편 먹을 이 아무도 없자
뒷문 발로 차대며 문 꿰라라!
내린다고 생난리다
"문디야 문 꿰랄라면 벨을 누질라야지"

뛰뛰빵빵 목탁 치며 종점까지 왔다
화엄에는 잘 다녀왔는지
마중 나온 선재동자* 묻는다

버스에 도가 있어 그냥 왔습니다

* 화엄종의 진리를 찾아 나섰던 어린 구도자.

김장

잔액이 아슬아슬한 통장이
12월을 붙잡고 있는 동안

양념 덜 발린 김치들이
제 집에 들어가지 못하고
가난한 밤을 맞았다

김장하기만 좋은 날이 아니었나 보다
나랏님이 거사를 일으킨 걸 보면

국회로 간 총 든 군인들이 유리창을 부수고
하늘엔 헬기가 뜨더니 탱크가 거리로 나왔다

김장은 조져버렸고
내란을 작당질한 것들은
하루도 못 가고 땡쳤다

김장 실패 원인을 알았다
예산 부족 재료 조기소진 부실 예방대책

저들도 사태분석 끝냈을까
아무렴 내란이 전공이라는데

날이 밝았다
숨은 재료 몽땅 찾아 겉절이나 해야겠다
수리수리 마수리 김치야 맛있어져라
입 벌려 거짓말만 하는 저 돼지 잡아
수육이나 해 먹게

폭설

9시 저녁 뉴스
폭설 기상특보가 떴다

눈발이 폭력으로 돌변한
1979년 12월 12일 그때도 눈이 내렸다
눈 뭉치들의 습격에 땅덩어리 휘청였고
사람이 다니던 길 모두 지워지고
탱크와 장갑차 소총 든 군인들 발자국 총총

내리는 눈을 맞는다
손을 벌려 움키려 해도
닿으면 사라지는 눈 물방울

폭설에 갇힌 영혼과
눈 속에 파묻은 상처
복수는 생각나지 않지만

사자 떼에 쫓겨
초원 끝까지 도망간

수컷 누의 한 개 남은 눈
새끼를 보던 그 시선 잊혀지지 않는다

견 보살

바이든 날리면
의원 요원 계엄 계몽

혀 빼물고 짖는 개 한 마리
온 동네 사람들 초저녁잠 설쳐
개장수가 철창에 가두어버렸다

먹을 것 하도 밝혀 사료 주고
짖지 마라 쓰다듬고 달랬지만
으르렁 침 흘리며 아무데고 드러눕는다
미친개가 틀림없다

짖으면 성불인 줄 아는
세계 최초 누드 견 보살
저녁 뉴스 온통 개판이다

녹사평 단풍 지던 날

간밤에 무서리 다녀갔습니다
안개 젖은 신발 벗어놓고
만취한 숲으로 갑니다

죽음은 빗장을 풀어놓고 기다렸습니다
비탈진 길에 쓰러지며 마지막으로 본 건
쇼윈도에서 쏟아져 나온 불빛 타오르는 단풍이었습니다

붉은빛 이글거리는 단풍
앞사람과 뒷사람 옆사람 위와 아래
쓰러진 모두에게 친절한 단풍 손 흔들어주었습니다

안녕 안녕 안녕

지하철 6호선 녹사평역 3번 출구
그날처럼 바람이 단풍을 데려왔네요
그대 영혼도 함께 오신 걸 믿습니다
빗물에 젖은 듯 보이지만 나는 알아요
그대 흘리는 눈물이라는 걸

수심사

울돌목 바다에는
부처님 안 계신 대웅전 있다
공덕도 보시도 없는 물 안의 적멸
파도에 목을 찢긴 목어
목 놓아 울 수조차 없는 곳

진도 팽목항 물 아래엔
살아선 만날 수 없는
거품으로 핀 꽃들이
혼으로 머문 곳 있다

수심사 처마 끝 물고기
경 읽는 물살에 살점 내어주고
대가리와 뼈만 남겨 묵언 수행한다

옴마니 반메훔
나무관세음보살

와불과 능소화

면벽 수행할 적
눈꺼풀 떼어버린 달마는
한 그루 차나무로
선을 이루었다는데

서울 구치소 독방 내란수괴
안 나오면 쳐들어간다는 말에
홀라당 껍데기 벗고 드러누워
바닥 일체유심조 와불 시늉한다

매련 없는 서쪽 길
야단법석 핀 능소화
대법원 담벼락 타고 기어오르며
하늘 휘젓더니
이제 와 아무것도 아니라는 거니?

등신 불인지
등신불인지
천상천하 유아둘존
두이다 바이보이 뷰웅신

히말라야 염려봉

안나푸르나 8,091m
낭가파르바트 마나슬루 다울라기리
초오유 마칼루 로체 칸첸중가 K2
에베레스트 8,848m

지구 옹이 열 개 비집고
최고 높이 염려봉으로 치솟은
1m 63cm 아버지

호올로 천둥 번개 막으시다
우주의 뼝대를 넘어
히말라야 룽다*로 돌아온

노을에 잠긴 저녁
지상에 남겨놓은 별 걱정에
하늘 귀퉁이 서성이는 아버지
나는 아버지의 라훌라**

* 티베트 불교의 경전을 적은 깃발(타르초)을 이은 줄의 중심을 잡아주는
  나무기둥.
** 부처님 출가하기 전 낳은 아들. 산스크리트어로 '장애, 훼방'이라는 뜻.

저 찬란하고 사소한 기억들

전윤호

시인

이희주의 시집 『미워도 108번』은 1부부터 4부까지, 일관되게 '살아남은 자'의 언어를 제시한다. 시집 전체를 아우르며 거창, 정선, 사북, 통영, 제주, 나아가 몽골 초원을 흘러가는 영혼들까지, 지리적 확장을 이루면서도 언제나 "생활의 자리"로 되돌아온다. 삶의 가장 낮은 자리에서 수습되는 기억들, 품앗이처럼 돌아다니는 슬픔들 그리고 한반도 주민들이 겪어낸 생활의 균열들이 마치 오래된 장터, 골목, 항구, 굴뚝, 장독대, 동창회와 같은 공간들을 따라 흩뿌려진다.

이희주의 시집은 전통적 서정의 관습을 따르지 않는다. 감정의 소비 대신 '생활의 소재' 자체를 다룬다. '김부각, 달고나, 무화과, 가자미, 쫀드기, 깍두기, 방학숙제, 사북

광산, 묵호항, 남부시장, 곶감' 등. 이 모든 소재가 시적 사건의 무대이자 역사이다. 즉, 이 시집은 사소한 생활의 언어로 다시 쓰는 시적 민중 서사이다.

　덤으로 산 일생 끝내고
　덤 없는 무덤으로 왔는데

　베어도 다시 솟는 풀
　해마다 덤으로 따라오네
　―「무덤」 부분

이 간명한 리듬에는 살아남아야 했던 자의 '체념, 허무, 생존적 감각'이 응축되어 있다. 그리고 이 체념은 부정성이 아니라, 생존의 반복을 긍정하지 않을 수 없는 운명적 여정으로 전환된다.

　서방 없이는 살아도
　장화 없이 살 수 없던 날들
　예술도 철학도 사북에선 길가의 개똥

죽음을 이기고 살아남은 검은 돌

사북 땅 여기저기 티눈처럼 박혀 있다

　　　　—「티눈」부분

이 시집에는 일관된 세계가 있다. 상처로부터 출발하지
만 상처의 감정에 빠지지 않는 절제. 그리하여 사북, 지장
천, 광부, 광산 등 산업화의 섬유질 같은 흔적이 "티눈처
럼 박혀 있다"고 말한다. 이 "박힘"의 은유는 시인이 살아
낸 사회적 조건을 보여준다. 과장하지 않고, 눈물에 젖지
도 않고, 신파로 흘러가지도 않는다. 대신 없어졌으나 남
아 있는 것의 문법이 시적 감흥을 이룬다.

송편 빚고 전 부치고 탕국 끓여

제대로 추석 지내자는 건

다리 몹시 불편한 어머니 계획

맏딸은 손목터널 증후군

어머니 외아들 부인은 귀하신 분

둘째 딸 허리는 앉고 서는 게 장한 노릇

꼬랑지 딸은 돈 부역이 으뜸인 줄 안다

여자 다섯

금 가고 이 빠진 사기그릇들

데뷔도 못 하고 걸스데이 해체되었다

아이돌 사라진 자리에

완경 이룬 보름달 떴고

소녀들의 날이라

춤추고 노래 불러야 하는데

— 「걸스데이」 전문

　재미있는 것은, 이 시집의 깊은 슬픔이 "유머"라는 탈출구를 통해 제시된다는 점이다. 예를 들어 「걸스데이」에서 "여자 다섯/ 금 가고 이 빠진 사기그릇들/ 데뷔도 못 하고 걸스데이 해체되었다"라는 문장을 보자. 이것은 우스운 농담처럼 보이지만, 실은 한국 사회에서 '어머니'라는 존재가 부과받은 역할, 그 피로를 희극적 리듬으로 변용한 것이다.

　또 "오해" 연작(1~10편) 역시 현대의 언어적 오해·정체성·노화·삶의 굴욕 같은 주제를 '소소한 사건'으로 보이게 만들지만, 그 밑에는 존엄의 해체와 욕망의 좌절이 겹쳐 있다. 이렇듯 이희주 시인은 비극을 웃음으로 번역하는 방식으로 감정을 배치한다. 그의 시에서 통속성이

배제된 까닭이다.

　무엇보다 눈여겨보아야 할 성취는 이 시집이 '여성의 생애'를 한국 근현대사 전체에 투사하는 방식이다. 예를 들어 「복사꽃」, 「무화과」, 「돌산 갓」, 「오해」, 「걸스데이」, 「개자추는 어디에」 등에서 시적 자아는 늘 '조금 늙고 조금 상처 입은 여성'이다. 그리고 그것은 페미니즘적 저항의 표어를 들고 나서기보다는, 생활의 피부를 견디는 여성의 몸으로서 발화된다.

　눈물 흘리지 않아
　의심받는 슬픔

　장미 수국 맨드라미
　벌 나비 둘이서만 꽃 피운 줄 알지만
　햇살도 제 몫 하느라 고단했다

　꽃 없이 열매부터 맺은 무화과
　안으로 여문 사랑 알지 못해도
　그 맛 모를 리 없다

　사랑은 숨겨야 맛있다

입 다문 무화과처럼

　　ㅡ「무화과」전문

"눈물 흘리지 않아/ 의심받는 슬픔"을 보자. 눈물의 부
재가 슬픔의 증거가 되는 역설이다. 이러한 정서의 깊이는
전통적 서정의 여성 시와 분명히 갈라선다. 또한 이 시집은
지역색을 내세우되 "관광적 향토성"으로 빠지지 않는다.

　그리고 시들에 등장하는 많은 지명들, 정선, 사북, 통영,
거창, 원주, 묵호, 제주 등은 '풍경'이 아니라 '삶의 좌표'
로 등장한다. 예컨대「동강할미꽃」은 단순한 풍경 묘사
가 아니다. "꽃으로만 살다 가리라/ 자존심 굽히지 않았
다"(「동강할미꽃」)와 같은 문장은 '실향, 노화, 가난, 외로
움'의 은유이다. 시 속에 등장하는 자연은 그러니까 흔히
생각하는 위로가 아니라 오히려 삶을 견뎌낸 존재들의 초
상인 것이다.

뒷번호가 108번인
택시회사 유리문에는
맨날 영화 포스터가 걸려 있었다

어느 해 장마

택시 상호 위

본 사람은 전부 울었다고 소문 난

'미워도 다시 한번'이 나붙었다

홀랑 젖은 여배우 발 아래

'다시 한번'이 찢어지면서

어물쩍 끼어든 108번

'미워도 다시 한번'은

'미워도 108번'이 되었다

'미워도 108번'이 절찬리에 상영될 적엔

할매도 엄마도 울 언니마저

108번 우는 게 예사인 시절이었다

— 「미워도 108번」 전문

표제시 「미워도 108번」은 택시회사의 번호에서 시작하지만, 결국 인간의 상처 수를 의미한다. "'미워도 다시 한번'은/ '미워도 108번'이 되었다"라는 진술에서 '108'은 불교적 윤회, 미움의 반복, 삶의 고통에서 벗어나지 못하는 마음의 세속적 윤회를 상징한다. 우리가 반복해서 미워하고 반복해서 견딜 수밖에 없는 일상의 수행들인 것이다.

사랑도 좋고 연애도 좋다
시세보다 더 주지는 못해도
시세만큼은 쳐줘야지
이까짓 집도 팔고 차도 팔지 뭐

시세에 상관없이
사랑이 있다면 꼭 사고 싶다
연애가 있다면 냉큼 데려와야지
—「사랑의 시세」 부분

이희주의 시들은 매우 읽기 쉽다. 그러나 그 쉽게 읽히
는 문장 아래에는 정교하게 층화된 감정 구조가 숨어 있
다. 흔히 세상의 형편이나 현재의 물건값을 가리키는 시
세(時勢)라는 단어를 인생의 시세로 "사랑의 시세"로 뒤
집는 구절이 그렇다. 여기서 경제 용어가 감정의 단가로
전환된다. 문장은 쉬운데 은유는 단단하다.

잔액이 아슬아슬한 통장이
12월을 붙잡고 있는 동안

양념 덜 발린 김치들이
제 집에 들어가지 못하고
가난한 밤을 맞았다

김장하기만 좋은 날이 아니었나 보다
나랏님이 거사를 일으킨 걸 보면

국회로 간 총 든 군인들이 유리창을 부수고
하늘엔 헬기가 뜨더니 탱크가 거리로 나왔다

김장은 조져버렸고
내란을 작당질한 것들은
하루도 못 가고 땡쳤다

김장 실패 원인을 알았다
예산 부족 재료 조기소진 부실 예방대책
저들도 사태분석 끝냈을까
아무렴 내란이 전공이라는데

날이 밝았다
숨은 재료 몽땅 찾아 겉절이나 해야겠다
수리수리 마수리 김치야 맛있어져라

입 벌려 거짓말만 하는 저 돼지 잡아

수육이나 해 먹게

— 「김장」 전문

반면, 시집 후반부의 정치·사회적 텍스트들은 매우 직접적이다. 위의 시 「김장」을 비롯하여 「폭설」, 「수심사」, 「와불과 능소화」, 「히말라야 염려봉」 등은 12·12 군사반란, 세월호, 독재체제, 산업화, 군사문화, 그리고 상처가 남긴 상흔을, 유령적 기억을 호출한다.

여기서 눈여겨봐야 하는 것은 이희주 시인의 호출 방식이다. 그는 정치적 사건이라고 해서 정치적인 수사나 거창한 철학으로 설명하지 않는다. 누구나 쉽게 이해할 수 있는 생활 언어로 재번역한다. 그렇게 직조된 시는 계몽적이지 않고, 생활적이다. 그래서 더 선명하다.

산 그늘에 갇힌 할머니 집

동으로 난 창문에 성에꽃 피었고

군불 때며 나온 그을음이 겨울을 달랜다

지난가을

뒤 울타리 늙은 감나무가 해산한

감이라 부르기에 옹색한 것들로

더딘 손으로 몇 날을 깎아
무청 처마 끝으로 밀어내고
햇살 푸지게 드는 자리 골라 주셨단다

겉옷 벗겨내고 한 줄 꿸 때
떫지만 않으면 겨울밤 씹을 거리로
거는 기대 없었다며
곶감에게 미안해하신다
열네 살에 시집온 할매 어린것에
기대 안 한 여자구실을 9남매로 복수했다

늙음에 대하여 혹은
여린 것에 대하여 생각한다
늙음은 떫음을 지나온 젊음이라는 걸
곶감 먹으며 처음 알았다
—「곶감」 전문

이희주의 시집에서 슬픔은 '독자의 마음을 적시는 눈물'로 드러나지 않는다. 오히려 건조하고 웃기며 쓸쓸하다. 가령 "늙음은 떫음을 지나온 젊음이라는 걸/ 곶감 먹으며 처음 알았다"는 구절을 보자. 여기서 노년의 인식은 눈물 속에서 완성되지 않는다. 오히려 '곶감'이라는 겨울 간식을 '씹는 것'으로 완성된다. 즉, 슬픔은 눈이 아니라 '입'으로 기록된다.

이렇듯 이희주는 '감상'의 시를 쓰지 않는다. 대신 '기억의 인력'을 쓴다. 기억은 슬픔을 빨아들여 언어로 번역하고, 그 언어는 다시 생활로 돌아간다. 이 시집은 그래서 위로의 서정시가 아니라, 생활의 비애를 견디는 민중적 운문이다.

*

이희주의 시에는 통속이 없다. 신파도 없다. 대신 생활적 비애의 깊이가 있다. 울고 싶은데 울지 못하는 얼굴, 늙어가지만 포기하지 않는 몸, 견디지만 무너지지 않는 마음. 이 시집은 한국 현대를 살아가고 있는 보통 사람, 특히 여성, 가난한 이들, 변방에서 살아온 이들에게 바치는 민중적 초상화다.

언어는 시를 어렵게 만들지 않는다. 그러나 그 쉬움 속에서 독자는 오랫동안 마음이 저미는, 생활이라는 비극의 온도를 체험한다.

이 시집은 '사소한 추억들이 모여, 결국 한 사람의 일생을 만든다'는 것을 다시 깨닫게 만든다. 그리고 그 사소한 일생은, 사실 '한국의 현대 역사'를 이루는 거대한 강줄기이다.

그렇게 보면 『미워도 108번』은, 개인의 기록을 넘어선 공동체의 서사이다. 그러므로 이 시집은 민초들의 입에서 입으로 두고두고 읽힐 것이다. 풀은 염소보다 힘이 세다. 🏮

달아실 기획시집 50

미워도 108번

1판 1쇄 발행	2026년 1월 16일
지은이	이희주
발행인	윤미소
발행처	(주)달아실출판사
책임편집	박제영
기획위원	박정대, 이홍섭, 전윤호
편집위원	김선순, 이나래
디자인	전부다
법률자문	김용진, 이종진
주소	강원도 춘천시 춘천로 257, 2층
전화	033-241-7661
팩스	033-241-7662
이메일	dalasilmoongo@naver.com
출판등록	2016년 12월 30일 제494호

ⓒ 이희주, 2026
ISBN 979-11-7207-088-5 03810